U0035855

萌

給萌生的愛

目錄

心之尖

他方之苗

雷夢森林

人生變動的幾年。

換了身份證、住址，稱謂升格，改變了計算
人口的單位。

從此，再沒有一件事是相同的了。

而我始終心懷感謝。

萌

春天，時光往下游積淤成泥
朗朗和風
青青河畔
起始時，只是一丁點細微若無的脈動
然後開始心跳了
一座全新的宇宙有了顏色
溫柔地、暴然地
愛，漫然萌發
日日月月，如草生長
我們的靈魂赤腳走在上面

柔軟喜悅
芬芳繁課

從此哪兒都不去了
依於水草
而立而居
生命靜靜匯成芳美的平原
天大地大
你在，我在。

粉彩的春天。

言語、眼神、一舉一動，所有細微的表情都在播種。
陽光踩上春分線那日，輕薄的世界之殼於焉碎裂，
「啵」一聲，未存在過的色彩萬千湧洩，
宇宙翻出了斑斕燦耀的內面。

春之芽

釘

你的存在
是一枚微小的螺絲釘
咬緊旋入
將我的血肉、靈魂
牢牢地，
鎖進了這個世界

一組

我希望
完備地活著

有一份意識
清澈銳利
如刀片備著

有一顆心
溫柔緘默
如刀套守住

噓——

為了不驚動這個世界
我們學會
小心翼翼
躡手躡腳地去愛

見面

喊你時
數不清的
彩色星星落在心裡
一夕發芽了

囍

紅紅的字
新新的日子
頭靠頭，手拉手
兩份歡喜站在一起
平著肩，一樣高
就撐起了天

伴

路口有風，頭頂有日
拐一個人，當他的杖

一個人走不下去時
拄著彼此，手牽手
繼續活

縮放

把心縮小，讓你的存在
剛好裝滿
再把心和你，等比放大
帶著你
征服世界

愛你

玫瑰愛你
所以綻綻
貓咪愛你
所以蜷蜷

壁燈愛你
所以澄澄
棉被愛你
所以暖暖

春風愛你
所以微微
喜鵲愛你
所以跳跳

小河愛你
所以婉婉
雷電愛你
所以隆隆
太陽愛你
所以朗朗
黑夜愛你
所以謐謐

歲月愛你
所以悠悠
世界愛你
所以要你誕生

水缸裡，朝這邊游過來的
小魚群也愛你
偷偷地，跟我一樣

金工

我們都在承受
時光漠然反覆的錘打
均一、細密、不知輕重

日日夜夜，往死裡打
把激動慢慢敲成平扁
溫柔搗成寂寞

只那麼風火熾烈的一瞬間
有時一失手就刻鏤得太深；誌記和

傷痕都是。但怎能不用力呢？
時光漠漠，總要狠狠地求個著落
世界太冷、緣份太貴
比起輕輕放下我們總是習慣
重重去愛

象災

一頭小象闖入
猛然發難，橫衝直撞
滾倒房屋、田地、籬笆
摧毀一切原則

無辜的小坑汪著水
道路泥濘
鮮烈的青草味肆揚瀰漫

你是那頭象

我的世界到處留下
潦草而深愛的印記

懶骨頭

我的心是一顆懶骨頭
習慣讓歲月的重量，無聲地
深深壓陷
容易變形、坍塌
被不可得的希望磨蹭
不可追的記憶揉捏
痛也不說出口
打不吭聲挨不還手但
丟在哪裡，都是好的。

矛盾

我喜歡這樣的矛盾：

星星亮著，陰雨天
花開了，沒人看見
樹很高，枝很低
愈高溫，愈冷淡
老時，更靦腆
我們的愛情
最幼稚
也最尊貴

鵝卵石

我要的愛情是
鵝卵石
溫柔圓融，無稜無角
內部堅實緊密
不轉不移

烈日下發燙，清流中顯色
任風泉喧嘩、雨花激落
這顆心始終只是
欣然沉默，與之俱動

小小地、頑固地
縮凝成牢靠的一點
日夕琢磨，歲月的潮汐翻弄引帶
許許多多驚動，許許多多溫存、冷冽；
不相干的好奇與探望
或洶湧、或寂寞，在擦身的冷漠中鬆脱來去

世界就這麼奔流下去了

慢慢地有些發白
慢慢，角度和刻紋都磨成平滑
盡量從斑斕的宇宙淡出了

愈是默然，愈是喜悅
愈是挨著彼此往邊緣處去
樸素、無光、不起眼
不被任何人指認發現
愈普通愈低調愈尋常愈好：

但願我們之間的愛
在時光寬河中安然碰撞
全身而退
隱藏在公轉世界的森羅河岸
無毀無傷，橫陳自在

圏

這是一個
理所當然
明顯得不能再擺明的
愛的陷阱

我們片刻猶豫
一腳踩入
弄得哇哇叫但從此
一輩子，同捆綁定

踢

那是無法被忽視的挪騰
靈魂內側
一陣陣活潑踢腿
願望大力伸展
夢正輪番胎動

從宇宙內部
踢出星星
地球內部
踢出山川森林

從我內部
踢出了愛

翻身

你翻身時
我的世界也
搖搖晃晃地
倒向了另一側

像一頂雙色的軟帽
翻過來，就是
完全不同的誰了

從幸福，倒向巨大繁忙的幸福
從夜晚，倒向不分晝夜
從得到，倒向付出
從被愛，倒向愛

長牙痛

靈魂表層
傳來陣陣痛癢
世界不再柔軟、平滑
冒出了內裡的尖與硬

寶寶，但是
煩躁不安和哭鬧之後
你將變得有能力
嚼那些香脆可口的物事
吃食變快、咬人會痛

慢慢地，逐漸能夠
啃得動這個
五味雜陳的團塊人生

安撫巾

如果可以，也想
瀟瀟灑灑地
不靠安撫巾
滾滾就睡

但因你
我心有所念
愛深懼甚
不由得
揣緊捉揉

將人間微露出的一小截柔軟
緊緊拖住

天黑天亮

天黑了
雲朵捏的小羊們
正結隊走回夢鄉
睡意柔軟溫順地迎接
夜的圍欄裡大家等著
等你的睫毛輕輕闔上睏了的星星
好動的蝴蝶不再撲翅
夢的綿羊就依次偎攏過來
一頓甜甜好眠

然後天亮了
小羊們早先一步醒來
擺擺頭，一一走入白晝的天空

飛高高、
明亮的牧原正高舉在上；
站高高、
當牠們俯首
吃那些風種的透明草時
就能看見你
伸直雙手，醒來時第一個
大大的可愛懶腰

早晚安

「晚安。」

入睡時，願身邊
陪伴的都是你所鍾愛

「早安！」

睜眼時，看到的每一張笑容
清晰得像光線環住太陽
圍繞著，都是愛你的臉

不斷撕去、不斷再生
梗在生活裡層的倒刺，偶爾隱隱作痛
和塊狀的斷面藕斷絲連：受迫的陰影變形、拉長
尖尖地，以冰冷的手指
搔刮著心的內側

心之尖

唯獨

我常常
捧著杯盤時想到碎
站在月台邊想到躍
插下電線想起走火
等待起飛之際，想到墜落

唯獨
看見你的時候，想到
活下去

鄉

不再想起的人
夢裡相見
擱在人群裡的自己，多年後
竟也沒變得
比較勇敢

有些愛，久了
就化成鄉愁
冷和暖都已不覺得
近身時，卻一陣痲木的寒顫
說不出一句回家

止水

以為早就
被生活熬得化去
屍骨無存了

但夢境是
一柄多長的湯勺
猝然翻攪
從我的靈魂深處
挖出你來

回憶之群

記憶變成
一群群看不見的
透明蝸牛。大大小小，緩慢爬出
是打發不走的歡樂和哀傷
從深巷彼端
成群結隊，向我逼近
攀上腳趾、足踝
蹁過身體髮膚，拖行出
一條條銀色發亮的思念
耐心地，拴住亟欲轉頭的我自己

試圖習慣，忍下作嘔的衝動
承受時光的舔舐、舊夢的軟黏
關聯和牽扯，一切柔膩沉默的
冰涼觸感

格外是雨天，黃昏
回憶的蝸族大量發生
我既恐懼、又渴望
按捺住隱隱刺痛的欣悅與狂喜
一動也不敢動，深怕
踩碎這些脆弱的時刻
逝去的愛

——獻給善於被回憶附身的人們

憧憬

我曾仰望
像幼兒引頸企盼
伸手揮擣高處的塑膠水瓶
不懂時是夢想
成長後，竟未曾一顧

高分貝

吵死了
喋喋不休的記憶
七嘴八舌、爭先恐後
從春晴的高空俯衝而下
像一群掠奪小米的雀群
搶食著我的幸福

一種人

愛，是核能

輕易製造出來
過後永續污染

煉蠱

呼吸有毒空氣
居住在有毒土地
讓有毒的河，流入漸漸有毒的海

對彼此說有毒的話
養成一顆有毒的心

一起有毒地活著
分別有毒地死去

徒勞

買了盒子，還回珠
插起玫瑰，揉下花
訂製新廚具，不為誰開伙
彩色玻璃燈罩，擰下燈泡
寫一年份的日記，在生日沉默
愛過你，選擇離開

對不起

老時
發現自己變成
自己的贗品

家常菜餐廳

日子久了都這樣：
沒有漲價空間，只好縮水
像愛情一樣

勞資

可以的話，誰願意
生為一隻輾轉寄居的蟹
撿光貝殼，給我們瓶蓋
要我們感謝

車窗雨

玻璃窗上
每一道沿流的雨跡
都走著不同破碎

每一顆被重力扯下的心
都因發冷而透明

無數歪斜與扭曲，在外邊落下
即使相遇，匯流了也只是
二合一的不幸

雙重的模糊相互拉扯、傾墜
那勢子，是止不住的命運趨線
跌跌撞撞，往世界下緣收束

一起溺水的雨滴要
怎麼辦呢？

忘記我們
一開始就徹底打溼了
打溼的誕生
打溼的未來
打溼了微不足道的心聲
打溼的生存環境

太陽在
遙不可及，飽含雷雨的雲層之上
連想望見光線都是
水糊糊的

即使相遇也只是
不敢幸福的
兩份冰凍

走投了才發現是無路

玻璃窗上

每一道沿流的雨滴
都攀不住自己的破碎
我們哭泣的理由也是

越獄

世界是獄
你們是拘束衣
我思想中
所有的缺憾開始暴動

流蘇

那年秋天的陽光
絲絲墜墜，是鑲在心尖
隨步搖盪的
純金流蘇

你離開時碰歪了，斜落一旁
拔不下來
也安不回去

過冬

一點點搬動
甜的碎屑、幸福斷片
四處張羅彼此的禮物
逡巡出入，歡喜忙碌
繞過命運之神的腳趾頭
一室室，日積月累
將對望的角落堆積囤滿

如此富裕，如此滿足
像聖誕老人雪中的倉庫

十二月中旬的夜晚
馴鹿們養得肥肥底
掛滿鈴鐺的雪橇都還沒出發

和我一起，趁現在
多儲蓄一些溫柔的力量

以免有一天我們
變得殘酷

抽鬼

你在這裡嗎
一點點生活縫隙
拉開昏黃光線
通往過去的隧道封閉反潮
昔日的幽靈靜靜浮現
那不願喚出名字的存在
透明輪廓，微微顫抖
誰和誰牽著手
走向荒廢的兒童樂園

半夜失眠，忽然有風
自心底吹出

有些記憶，怎麼洗牌
都不被時光抽走
有張鬼牌，怎麼交換
都回到自己手上

你在那裡嗎
風把島嶼繞了一圈，快速瀏覽
地圖上的標點連起立體虛線
版本更新的如今
再怎麼讀取都比對失誤

不認得你平淡、幸福、發胖的臉
路已長了，世界已很現實
陌生的樓愈起愈高
時日的籌碼漸壓漸重
輕狂不起，年少不再
青春的剪影也已
浮貼不上一座座
特色消失的人生

一夕之間，就中年了
回顧很遲，傷心的速度慢了好多拍
靈魂不再嚴重過敏
碎裂的回聲悶成水底微響

雨下得變緩
無淚可哭的眼睛霧霧的
幽靈靜靜伸長影子
彎下腰
沒有撿回任何一張臉
淡淡被吸回
生活的縫

有些旋律太美麗、太悲傷
不知不覺，播過了一輪又一輪
竟沒有伸手關掉

治

地球發燒了
打一劑針，沒有人類
山川就能
重新發亮

心發燒了
貼一層夢，沒有你的
就能恢復
平靜清涼

果醬

有些東西
搗爛了更美
像果醬、蛋花、傷心回憶
重新開始的人生

恐怖片

這是一件最驚悚的事：

驚覺許多人
就這麼抱怨著，不滿著
忿忿地，什麼也沒做就這麼
不快樂過了一生

治裝狂

幻想別人活在不幸之中
一種劇情是一件新衣

衣櫃裡永遠沒有
能穿出門那件

蛋捲

那些承諾，像蛋捲
芳香圓脆但是
一拿就碎

即使如此我還是下了大量訂單

卷心酥

從往事，弄點回憶
挑些甜美綿密的
緊擁包捲

即使終究要被誰咬碎
我們的心，就不空脆

寶可夢

只有一顆，只此一次
丟出去砸向你的
不是球，是我的心
但你輕易掙脫
裂了的心也沒有回來

藏物

世界奇怪地
收納著我

我們互看不順眼
暫且忍耐
等有天誰受不了
打包丟掉

癖

最可悲的興趣——

蒐集他人的不幸

陌異

在這擁擠冷漠的城市
我的思念
是隻流浪的幼貓
在冰冷的雨線和高牆之間
東躲西藏，低聲囁喚
明明戒慎恐懼
卻始終徘徊
等待一個
自己都不信任的伸手

封鎖線

小心翼翼貯藏的夢
打翻了
四周處處
佈滿張牙舞爪的
螢光色潑濺痕

這是凶殺現場啊
我們未成年就被
扼殺的心

青春太委屈
等不來一次
沒有成見
認真相待的勘驗

擅泳者

水中溺斃的魚
土層中被夾死的蚯蚓
愛裡玩火的人

碗

世界是只巨大的碗
碗外是黑夜
希望是微微滲進的月光
月亮像半隻檸檬，高高地
掛在隱形的天空樹梢

所有人聚在碗底
拚命想攀出去
但碗壁太光滑
沒有人
爬得上

說起來

幸福的人
不需要傲氣

滿足的人
可以不寫作

奢侈之事

事事處處，留有退路

無止盡的萬花筒。

外界、遠方、他人的人生。

有時驟然拉近距離，
情感擠壓、意緒鼓動，或圓或碎的臉逼上眼前，
衝擊了我的心。

他方之苗

勞碌

愛勞役著我的心
日以繼夜，至死方休

不自殺聲明

這世界不值得我們活著
但我們可以活著，讓世界值得

紙藝

一：立足點

多想專心地愛
不被生活
搬弄折拗

二：色紙

給你的愛沒有縮小
只是摺疊了

追諫

下雨了，所有墜落的線
投奔以冰涼底理解，對你說
感傷也是好的但千萬
別流於憐惜的自我滿足

三月

有時候
只要一個溫暖的春夜
就能阻止誰
死於傷心非命

幸福

先有幸，才有福
但我們如何學會
無謂尊嚴地
向命運爭寵

交

趨光性是你我
一生背負的十字架

奇幻世界

陸上燒著煙
海上，空中漫著霧霾
燒掉的希望骨灰
蔓延成灰色夢境

製造長串的毒
餵給土壤、鯨魚，逼彼此吃
創造天文數字的債
戴帽子的人弓著身
假裝鴕鳥，整理彼此西裝上的禮花

一下晃左，一下偏右
小心呵護的燭光
火苗成長，推翻黑夜後都
變成怪獸

每顆心看來都不透明
笑臉上鑲滿左右轉動的魚眼睛

我所想的只是
如何和你，兩個人
在這奇怪的世界
不合時宜地活下去

感情

1

要養生，不吃冰

2

盡量現宰活烹
即製即食

3

精神上總是幸福肥
煩惱不侵，沾枕即睡
想法呈現直線條：彈性、健康、不軟爛
吃下每則快樂的念頭像
綿羊吃草一樣天公地道
每天都讓陽光燙熟
一顆永遠不用退冰的心

傳話

拿隻杯子，一起喝茶
聽茶米說芳香的話
陽光、雲霧和土地公
都拜託茶米向我傳話，它說：

「去愛吧，覺得冷時就回來
有一杯茶，暖暖的，永遠在這裡。」

因為所以

茶米會香
因為土地愛它
茶米茶會甘
因為水很熱情
我們會幸福
因為我也愛你

山水間

那些直立到傾斜
等腰、三角，山形的夢
層層築起時光的隧道
非得要低著頭
才准穿過

每一座山
背負了彼此的視線
每一張夢的骨牌
肩搭肩，都扣住想飛的欲望

我們在顛簸中親密地走來
小心翼翼拎著希望、回憶
忍讓與愛

然後才可能到達某個
平坦、開闊，撐得起現世安穩的所在吧？
不大不小，剛好供我和你兩個
相對而坐

窄窄的過去
寬寬的天
轉過彎，陪我喝茶

坐下來，陪你看雲

捧一碗茶給你
慢慢，啜一口溫暖和芬芳
你知道眉心舒開的樣子很美嗎？

當是非曲直、柳暗花明
都在微晃的湯上映成浮光
我們心中尖銳的三角形，不知不覺
融化成疏朗的線
都忘了曾指向誰

光晃亭

陽光晃晃
和風晃晃
葉影晃晃
簷角晃晃

這是一座亭子
我為你建的亭子
遮不了風，擋不了雨
但也掩蔽不住善意、日光
還有很多很多的夢

橫條晃晃
壺口晃晃
微笑晃晃
天空晃晃

像心動一樣……
這座亭子是可動的
只因我想給你一份
襁褓般天真純摯的信賴
請你隨意來去的這亭子是
祖母的搖椅
沒有特洛伊的木馬

裡頭只有一隻白鐵壺、一套舊茶具
裝滿很多很多預先備下
燒開的幸福
田園的心

你來，這裡坐下
我為你輕輕晃動世界的屋脊
下午有風，白天有太陽
晚上有星光紛紛掉落

這裡的
葉片永遠不會凋零
邀請永遠不會關門

因為這是
我為你建的亭子
我為我們建的亭子

茶香晃晃
手勢晃晃
加溫中的靈魂也晃晃
最後時光晃晃
宇宙晃晃
心婆娑了
我們的眼光也婆娑了
才發現

唯一重要不動的只有一件事
原來，所謂的古早味不過是
溫暖親切的
有你在旁。

初席

走遍萬水千山
看盡異國烟花
只為了帶著感激與平和
拖一車滿滿的心意
回來，奉一杯茶
給你。在白露微霜的季節
某個適合跋涉的天氣
某座隨遇而安的小城
某處或許熱鬧
或許寂寥的市井

推一輛有遮篷的腳踏車
等在街角，等你。

木竹灰泥，紅爐鐵壺
熟香烏龍冒著蒸騰的熱氣
杯口有淡淡、微甜的桂圓清香
我只想遞給你這一杯茶
讓陌生緣份成短暫溫馨
讓冒風前來的寒冷就此驅逐
不要拘謹，不用介意；
不必留下名字、硬幣或感謝
這是一份能一口仰盡的溫柔
只佔用彼此生命
半盞茶的隻時片刻。

曾流浪過的人會懂
我們的靈魂都流動一種
空曠、騷動，
說不上承諾的默契
良夜末世，風塵來去
天涯就算不淪落
相逢何必曾相識

約好在白露微微
城巷深深的街角見面
如果寂寞太深、路途太遠
走不動沒關係
你不來，我過去就好。

——optogo 奉茶攤車

綠之牆

樹、花、藤、草
每條巷弄皆噴泉般
冒湧出鮮麗的亞熱帶植物

濃淡深淺，都是綠
迎賓的塗鴉
在街牆邊亂亂潑滿
橫披斜掛、高抬遍舉
手筆不一
卻無不擎滿陽光與歡喜

整座城的綠意
都伸長了手腳張羅——

「來戀愛吧
來飲食，居住，回憶，生活
互相認識，親密靠近
思考一些
平常看來太過甜美、遙遠
古老奢侈的事」

南寧宿舍

我喜歡黃窗櫺，綠紗窗
方方框框
堅實可靠
適宜陽光、雨露、壓花玻璃
適合壁虎
在白牆抱著小小底心事發呆

我喜歡天台、小院
客廳老式的磨石子地
灰白斑駁，像鋪滿料的三色蛋涼菜

每一塊石紋切面，鑲凝冷凍
任誰走過
都沾一點歲月的鹹香

我喜歡大量採光，三面有窗
寬敞潔淨
不堆雜物
容易明亮、容易透風
邊邊線線，多直角
特別適於裁割一些
質地柔軟
未經零售的夢

我願意
在這樣的窗下家事、讀書
戀愛、等待
生活踏實，夢想興隆
慢慢將微小的幸福養大
永遠記得紅春聯上的吉祥話
勤勤懇懇、埋頭過活
認定了就守住
一世人
像祖母少女年代
像世界還沒膨脹複雜
像古早時候
那樣。

糖靈魂

這裡連
陽光都是甜的
琥珀色的麥芽光線
抽灑在城市頭頂
光網凝膏，將島嶼
料理成拔絲地瓜

既甜且燙，吸引了
渴求愛、知識與自由
嗜甜如命的糖靈魂

中西區日常

飛機耕耘天空
轟隆隆，一趟又一趟
犁過我的白日夢

如同命運，碾壓過心
播種下抗爭與自由

花窗

1

那些鐵條
翻出歲月的花繩
一路沿街宅、洋樓編過去
圈圈線線，將記憶
打成條紋、方格，山川流水
花菱千鳥的樣

2

比詩歌纖細
比律法堅固
窗聯窗，是鐵寫的護身符
平整正貼在每間房上
圖象折繞，筆劃堆疊
向戶戶門牆上開光
一張張、一段段
守過一甲子的城
三代人的家

3

市聲近了，又遠了
行人少了，又多了
框裏框外，天光在幾何中流轉
風漏過、雲流過
轟炸機飛過去
最後，鴿影也掠過去了

默默結染離亂生的鏽
靜靜祈望明日的和平

4

窗花是老房子的金魚網
往天空
撈古早古早的夢

玉蘭

我想和你
踩上青石板道
走過細長巷弄
掩上木門，穿入小院
到玉蘭樹下站一會

仰望碧綠濃蔭
吸滿深深花香
自由、甜美且安全
彷彿就此

從飄搖的流蕩人生
停泊在錨定的陽光裡
坦白澄晰
正大光明

葉葉寬厚，瓣瓣含笑
光線清透乾淨
眼神純真無邪

如果這是一個
適合活著的年代
沒有剝削、壓迫、操控與鬥爭
不必假裝自己是另一張臉

另一顆心
不必隱埋、遠遊、連夜走避
年年壓抑盛開怒放的思念
馨香盈懷袖
路遠莫致之

從陰影走出
自離枝歸地
我們珍視的喜悲故事
尊嚴、記憶與花香
永遠不淪落得
沿街叫賣
四散分離

像童年欣羨妄想過那樣
每天，往復地勞心勞力之後
握你的手
永遠站在花下
聞香
過日

運河無蓋

但心有蓋。

我不欲再掀開
容納世上污濁腥穢；所以
緊閉好
將這個發爛的世界
退還倒出

熱蘭遮城

願我們，如同這城岸
茫茫世上，在誰心中

橫渡千片海洋
最早被發現
耐過百百滄桑
最晚被遺忘

五妃廟

1

尊嚴

是最豐厚的殉葬

2

活在錯的年代

愛對的人，做對的事

3

只是不願忍受
倉皇、失根、無愛的日子

4

有你在的地方才是
容身之處

我們同意世道艱難，慎重地
繫好彼此的心
一齊轉向歷史背面

5

天一下就黑了
閉上眼睛，讓心雪亮
像趕一場永遠的燈會
繡帶微揚、環珮輕擊
走向蒼茫遠方時，循聲辨認
彼此的衣袖搭連在一起
就不迷路

6

愛傳染，勇氣也是。

7

你是迎面的光
沒有暗路

8

懸吊起青春
卸下死亡
步履終於輕盈得能追上一切
不屬現世的光明
這一刻起，我們的靈魂沁發出
梅荷清香

鍋燒意麵

戀愛了，一條條原則
被愛情炸過
擱浸在鮮甜多料的生活裡
吸飽湯汁
泡得發軟了

五棧樓仔

有些往事，太過甜美
拒絕割捨因此
撐扶起頹重的歷史
輕手輕腳修復了

記憶的百貨，兜售過去通往未來的夢
流籠裝載希望向上，反覆反覆
像上升一個個
仔細限重、小巧華麗的民生心願

和你來，走一趟頂樓
駐足神社遺跡，沉默地
對彼此祈求：
如果終有一天，面臨世界
無理性的殘酷暴力
非得全力抵抗才能活下來

願我們一同擁有
老房子的決心與幸運
蒙受巨大隱形的重壓
捱過命運空襲、人間砲火
生活的殘礫堆裡
煙塵滿面，死撐著不倒下時

還能被誰妥善迴護
不買賣，也不毀棄

那麼，受傷、老舊、碰損
彈痕處處百孔千創的心，就有一天
重生得燈火通明
美麗輝煌

椪餅

吹胖了一隻隻
甜甜的氣球
幸福跟著
膨脹養大

黑糖香油，圓滿包容
不怕戳壓不怕碎
要泡要煎、吃甜吃鹹，都好

只要記得總是

細細的吃、溫溫的補
香香的，過好每個
粉白乾淨的日子

豬皮湯

人生是
一只善於煎熬的大鐵鍋
浮沉顛覆，滾煮著青春、尊嚴、夢與希望
像翻攪的蘿蔔香菜油豆腐
飽含水分，柔軟易碎
禁不住現實的撥弄挾捏
戳不吭聲
一夾就斷

但我的心是

一張煮不爛的硬豬皮
在那個
被同情與憐憫猛然穿刺
血熱心冷的夜晚
驀地明白了

即使如豚如彘
任人宰割、剝皮
也不能被吃得
不吐骨頭

鹽生

思想的鹽粒
反覆不斷結析出
粗糙的白沙，一陣陣被
吹向那些牆
前仆後繼，挾擊、腐蝕那些
屏蔽公理正義之壁
因為我們是
地上之鹽

按捺不住滲壓的緊縮
靈魂既苦又鹹
浮盪在乾澀濕黏的人生
供需這
營養失調的世界

帆布包

想要心是
一只堅韌厚實的帆布袋
樸素無花、耐勞耐髒
扛得住生活的消磨
漂泊之衝動

興起時，趁一個
晴朗大風的日子
將散漫凌亂的人生一把裝起
愛留就留
說走就走

城巷

府城巷子是
一張纖細古老的蜘蛛網
回憶的小蛛四處埋伏
牠們優雅滑盪，行走無聲
沿絲絲交扣的線路出沒
我時常一頭撞上，大意地
被這些等待的小蛛
一口吃掉

蝴蝶巷

壓抑不住啦
刺破肌膚，蝴蝶從
體內鑽飛出來，大量地
貼覆住人們的眼睛

蝸牛巷四首

1

蝸居在這個世界
縮著做夢，爬著營生
曲折但堅持地
留下活過的證據

2

記憶是黏的
發亮，細窄
寫在土地上
牽誰的魂

3

又要被
豆大的雨點砲擊了
他們的眼光、他們的話
一陣陣急落的

指指點點

趕不上世界
被生活
逼得狼狽

只好埋頭，在每一個
陰陰的天
下雨之前快步走過
一邊鑽進巷子，一邊自嘲總是
小得像蝸、倔得像牛
甘心一再再為了夢想
憋屈發愁

4

不嫌任重、道遠
也不曾
擋誰的路

只想一心一意
望著路，慢慢走
不被命運
一腳踩碎

晚巷

亮燈的房子
是隻裝太滿的水桶
人聲、笑語陣陣潑出
濺濕了遊子的夢

捕夢網

巷子編住巷子
巷子夢見了我

心被捕捉
串成一顆小小的綠松石珠
掛留在城的網上

是很久很久以前就約定好的。

遠古之夢的遺緒，在現世，化為雷電
紛紛從天而降，輕柔地、決絕地
砸亮你我的人生，明亮又立體地
匯流成一座巨麗森林。

雷夢森林

生活

我想過一種簡單的生活

天亮時，窗簾拉開；天黑了，人就回來
穿棉麻的裙子，煮五穀米
定時澆溉陽台的竹子、桂花
每天每朝，和家人討論午餐菜色；上市場
買同一攤在地水果
花一星期讀一本平裝厚頭書，時時細想並且
不找地方發表感言

懂那些痛苦的人——選擇成為一個平淡的人
愛一切艱深的事——只說那些自然容易的

我想過上簡單的生活

決定了，就不後悔
愛一個人，和他白頭
做一個夢，就在溶溶的天光裡
跑完一生

蓓蕾

見到你時
心中養了許久的那枝
含滿希望的花苞
綻開了

每一瓣，蘸滿光
在這一刻上
往人生，按捺出芬芳的印子

以後，每一個黑暗的日子

把你的樣子一想
會有香。
會有光。

松

我想要當一棵
很老很老的松

不用考慮什麼
筆直永不折斷的靈魂

彎彎曲曲、歪歪斜斜
結瘤長疤，卻比誰都清楚
躺著也是站著
站著也是躺著

橫陳自在，但永不為誰改變
蒼蒼翠翠，所有接過雪、嘲過風的掌紋
一概唯有
向天遞出
逕自付讀的姿態

翠

有些什麼
滴滴答答地
在我的精神底層
流淌洗聚

淅淅、瀝瀝
那些透明涼冽的
點狀觸碰
總能不離不棄地
穿入陰霾連帶的日子

驚醒我
鈍化的意志
蒙灰的夢

像水滴
一直從青綠的葉梢
匯彈流下
最後，連成一片
映出倒影天堂的
明亮湖泊

那挺拔的竹葉尖緣是
你清新的心

重要之物

不愛仰臉
凝視屋簷下晶瑩串墜
閃亮迎燈的雨簾
卻總低頭，黑暗裡
尋找掉落地面的無聲雨滴

焦點

光有了重量，漸漸彎曲然後
所有光線都
因為那微乎其微的重力，高速地
向你墜落

目的

針，是為縫補而非刺剟
墓，是為紀念，而非掩蓋
比起燒灼，火燄更先體現與生俱來的溫暖光明
誕生，是為去愛，而非傷害

警

不把他人的涼薄
假裝是命運

運作

如何能夠
敦促一份祈禱的實現
在思念化為靈風的夜晚，祕密地
默默催熟一朵早生的花開

如何練習
承載等待截肢的眼神
將命運已然僵硬的紫白手指
搬挪伸展，一點點
運動那些
屈扣得太過用力的人生

紙鳶

心是風箏
人們的話語如風
拉著送著，扶搖而上

風捧起，就高揚
風消去，就墜落
風向亂時，把幾只風箏
紮成花束
爭搶嬉戲，華麗地
蒙眼拋接

日日有風
季季有不同的紙鳶
有些身不由己
有些渾渾慄慄
有些企圖控風
做著操縱氣流、壓制整片天空的夢
還有些偏不怕跌，專專地
愛逗風玩

而我不想當風
怕看風箏斷落
只好少在春天

走過烟花爛漫的長堤，或選擇
增強緊急的韌度
緊緊成為
深愛的那些風箏的線
用盡一切纖細的手段，命懸一髮時
拉住他們
在任何一個
天高氣爽
晴空放雷的日子

沾料

下山了
蛋黃似的太陽滾進了
黑夜釀的醬油碟
沾一點甜、碰一點鹹
明早，一根根鮮美的日光線
就刷亮
家常風味的又一天

最好

是一個好晴的天
白日夢的金魚時而隱身、時而現形
在晶藍的天池穿梭洄游
浮想的雲抽成絲絲地
不待收拾便化開了
陽光灑然，心門淨極
雷聲和陰霾退得很遠
昨日的念想已垂垂滴落
人生瞬間變得透明
沉埋的言語爍光微漾

想和你一齊
點著彼此的手指
扳算那些洶湧過後
風平浪靜的年頭
一頁新曆才又翻開
年光悠悠，風景正好
有鳥藏鳴的老樹蔭裡
涼風微微、光影細碎
左右挨著你的人
數步履，登上長長的階梯
聽歲月，和鐘聲的銅鏽一起老去
然後決定就此一起
慢慢走、慢慢吃

慢慢活、慢慢想
快快發現
世上還有一個角落
容得下我們
點滴而確實地
更加相愛
在悠悠揚揚、敲厚了心的報時聲中
每一個金色的日子
每一回深夜裡雨歇
每一遍同時想起同一個去處
每一次長長、懶懶、深深地舒一口氣
意識到還是
有你最好的每一秒

選項

所謂成長就是

美麗的蝶類闔起
宛如宇宙縮影般
金屬光澤的寶藍翅片
靜靜攀住暗淡的世界
為了延續某些意義，甘心成為
一張枯葉

行星為了繁榮的夢，拉開與發光體的距離

鋼筋為了撐起屋頂，套上水泥，醜陋而不見天日地矗立

樸素但有力地
在某個人的生命中
成為一個貨真價實
可靠的人

泥

我願意彎腰
變得沉重、伏低
以托起你
輕盈明亮的下一個春天

通明

你的笑容
是我畢生僅見
最為輝煌純金的事物

自此
流動的人生不再
昏暗貧困

懼

我不害怕死亡
我怕的是這個世界
——以及
獨留你
置身其中

綠葉發華滋

1

像一樹繁花壓低了細枝
密密實實
都是華麗的幸福
那心意，太重太沉
壓彎了我的人生

2

說出口的瞬間
春天怒放了
單單只是向前遞出
愛便有了形狀：初衷落成堅確
繁花化為種實
心意的重量增加了
一個傾身，從頂梢
往彼此內部看見晴空
花樹、春陽；十里朗照遍及所有
曾經陰暗的角落

從此，行行的遠路
不再探詢

後記

時光飛掠。最早回嘉義帶讀寫的第一梯孩子，如今已大學畢業；同第一本詩集出版拉開的距離，也邁入第九個年頭。

周遭人、事、物更迭變幻。感謝時光活泉的沖刷流轉，為我帶走那些終須從指縫中鬆脫剝離的斷片——它們有的殘損、有的歪斜、有的尖銳、有的鈍厚；或者不可追，或者不必追。而在微小連續的汰換之中，新芽舊枝，總有些仍在身邊的，與自己一起變化茁長，不移不換。

人生拉扯自我，不斷新陳代謝。寫詩這回事，從二十歲怦然衝動、無法按捺的不得不發，慢慢洗成三十後半入手沉甸的實心感觸。身分轉換、視角不同，生活本身就是全新的挑戰。從前敍述，現在結論；從前鍾情，現在愛。然而，無論歡欣憂慮、冷眼暖心，從不減的是甜辛複雜的生活滋味。坪林訪茶、漁島走踏、台南悠閒靜好的金色季節、無眠育兒的繁碌之夜……這本詩集紀錄了過去幾年的風景，有朝一日，也將成為自己心底壓箱留藏的記憶輿圖。

愛進入生活，便成責任。免不了抉擇守護、犧牲取捨，以及隨之而來的不安和喜悅。

感謝命運待我厚道，家人寬容縱我。謝謝心靈工坊，這本書能在忙碌不堪中完成，特別依賴美君、馥帆和逸辰。謝謝達陽在《萌》籌備初期的閒聊。對於寫作，仍維持不經營的狀態，因而覺得每次被閱讀都是一份得來不易的微小奇蹟。

最後，給親愛的你與妳，願細草豐香、日月清明，每株含光探頭的希望幼苗，都能在時間之神的觸撫下，茁壯得美麗剛強。

二〇二〇年一月

心靈工坊文化事業股份有限公司
PsyGarden
PoetryNow 012

萌

作者—陳依文
出版者—心靈工坊文化事業股份有限公司
發行人—王浩威
總編輯—王桂花
責任編輯—饒美君
封面設計
內文排版—陳馥帆
內文校對—洪逸辰
通訊地址—10684 台北市大安區信義路四段 53 巷 8 號 2 樓
郵政劃撥—19546215　戶名—心靈工坊文化事業股份有限公司
電話—(02) 2702-9186　傳真—(02) 2702-9286
Email—service@psygarden.com.tw　網址—www.psygarden.com.tw

製版·印刷—中茂製版印刷股份有限公司
總經銷—大和書報圖書股份有限公司
電話—(02) 8990-2588　傳真—(02) 2290-1658
通訊地址—248 新北市五股工業區五工五路二號
初版一刷—2020 年 1 月
ISBN—978-986-357-172-8
定價—340 元

版權所有·翻印必究。如有缺頁、破損或裝訂錯誤，請寄回更換。
All right reserved

國家圖書館出版品預行編目 (CIP) 資料

萌 / 陳依文著. -- 初版. --
臺北市 : 心靈工坊文化, 2020.01
面 ; 公分. -- (PoetryNow ; 012)
ISBN 978-986-357-172-8(平裝)
863.51　108023124